Gerhart Hauptmann

Hannele

Traumdichtung in zwei Teilen

Gerhart Hauptmann

Hannele

Traumdichtung in zwei Teilen

ISBN/EAN: 9783743400986

Hergestellt in Europa, USA, Kanada, Australien, Japan

Cover: Foto ©Andreas Hilbeck / pixelio.de

Manufactured and distributed by brebook publishing software (www.brebook.com)

Gerhart Hauptmann

Hannele

HANNELE

TRAUMDICHTUNG IN ZWEI TEILEN

VON

GERHART HAUPTMANN

MEINER FRAU

MARIE

GEBORNEN THIENEMANN.

> Die Kinder pflücken rothen Klee, rupfen die Blüthen-Krönchen heraus und saugen an den nassen feinen Schäften. Eine schwache Süssigkeit kommt auf ihre Zungen. Wenn Du nur soviel Süsse aus meinem Gedicht ziehst, so will ich mich meiner Gabe nicht schämen
>
> GERHART.

PERSONEN.

HANNELE.
GOTTWALD, Lehrer.
SCHWESTER MARTHA, Diakonissin.
TULPE,
HEDWIG,
PLESCHKE, } Armenhäusler.
HANKE,
SEIDEL, Waldarbeiter.
BERGER, Amtsvorsteher.
SCHMIDT, Amtsdiener.
Dr. WACHLER.

Es erscheinen dem Hannele im Fiebertraum: Der Maurer Mattern, ihr Vater. Eine Frauengestalt, ihre verstorbene Mutter. Ein grosser, schwarzer Engel. Drei lichte Engel. Die Diakonissin. Gottwald und seine Schulkinder. Die Armenhäusler Pleschke, Hanke und Andere. Seidel. Vier weissgekleidete Jünglinge. Ein Fremder. Viele kleine und grosse, lichte Engel. Leidtragende, Frauen etc.

Ein Zimmer im Armenhause eines Gebirgsdorfes: Kahle Wände, eine Thür in der Mitte, ein kleines quicklichartiges Fenster links. Vor dem Fenster ein wackliger Tisch mit Bank. Rechts eine Bettstelle mit Strohsack. An der Hinterwand ein Ofen mit Bank und eine zweite Bettstelle, ebenfalls mit einem Strohsack und einigen Lumpen darüber. — Es ist eine stürmische Decembernacht. Am Tisch, beim Scheine eines Talglichts, aus einem Gesangbuch singend, sitzt TULPE; ein alter, zerlumpter Bettdeckn.

TULPE
singt:

 Ach bleib mit deiner Gnade
 Bei uns Herr Jesu Christ
 Das uns hinfort nicht . . . .

HEDWIG, genannt HETE, eine liederliche Frauensperson von etwa dreissig Jahren, mit Ponylocken, tritt ein. Sie hat ein dickes Tuch um den Kopf und ein Bündel unterm Arm; sonst ist sie leicht und ärmlich gekleidet.

HETE
in die Hände blasend, ohne das Bündel unterm Arm wegzulegen.

 Ei Jesses, Jesses! is das a Wetter! *Sie lässt das Bündel auf den Tisch gleiten, bläst sich fortgesetzt in die hohlen Hände und tritt abwechselnd mit einem ihrer zerrissenen Schuhe auf den andern.* A so toll haben mersch schoun viele Jahre nich gehabt.

TULPE

Was bringst'n mit?

HETE

fletscht die Zähne und wimmert im Schmerz, nimmt Platz auf der Ofenbank und müht sich die Schuhe auszuziehen.

O Jemersch — Jemersch — meine Zehen! — Das brennt wie Feuer.

TULPE

hat das Bündel aufgeknotet. Ein Brot, ein Päckchen Cichorie, ein Tütchen Kaffee, einige Paar Strümpfe etc., liegen offen.

Da wird woll fer mich ooch a bissel was abfalln.

HETE

die, mit dem Ausziehen der Schuhe beschäftigt, nicht auf Tulpe geachtet hat, stürzt nun wie ein Geier über die Gegenstände und rafft sie zusammen.

Tulpe! — Den einen Fuss nackt, den andern noch im Schuh, humpelt sie mit den Sachen nach dem Bett an der Hinterwand. Ich wer ne Meile lofen, gelt? Und wer mer die Knochen im Leibe erfrieren, damit Ihr und kennt's Euch einsacken, gelt?

TULPE

O, halt deine Gusche, alte Schalaster! An dem bissel Gelumpe vergreif ich mich nicht, Sie steht auf, klappt das Buch zu und wischt es sorgfältig an ihren Kleidern ab *was Du Dir da hast zusammengebettelt.*

HETE

die Sachen unter den Strohsack packend.

Wer hat ock im Leben mehr gefochten, ich oder Ihr? Ihr habt doch im Leben nischt andersch gethan, a so alt wie Ihr seid: das weess doch a Jedes.

TULPE

Du hast noch ganz andre Dinge getrieben. Der Herr Paster hat Dir die Meenung gesagt. Wie ich a jung Mädel war wie Du; ich hab freilich andersch uf mich gehalten.

HETE

Da derfir habt Ihr ooch im Zuchthause gesessen.

TULPE

Und Du kannst neinkommen, wenn De soust willst. Ich brauch blos amal a Schandarm zu treffen. Denn wer ich amal a Talglicht ufstecken. Mach Du Dich blos mausig, Mädel, ich sag Dirsch!

HETE

Da schickt a Schandarm ock gleich mit zu mir, da wer ich'n gleich was mit erzählen.

TULPE

Erzähl Du meinswegen was Du willst.

HETE

Wer hat denn a Paleto gestohlen? Hä? — Vom Gastwirt Richter sein'n kleenen Jungen?

TULPE
thut, als ob sie nach Hete spucke.

HETE

Tulpe! verpucht! — nu gerade nich.

TULPE

Vor mir! ich will von Dir nischt Geschenktes.

HETE

Ja, weil Ihr nischt krigt.

PLESCHKE und HANKE sind von dem Sturm, welcher mit einem wüthenden Stoss soeben wider das Haus fuhr, förmlich in den Flur hineingeworfen worden. PLESCHKE, ein alter kropfhalsiger, halb kindischer Kerl in Lumpen, bricht darüber in lautes Lachen aus. HANKE, ein junger Lidrian und Nichtsthuer, flucht. Beide schütteln, durch die offne Thür sichtbar, auf den Steinen des Flurs den Schnee von ihren Mützen und Kleidern. Jeder trägt ein Bündel.

PLESCHKE

O Hagel! o Hagel! — das schmeisst ja wie Teifel — die alte Kaluppe von Armenhaus, die wird's woll amal bei Gelegenheit ja . . . bei Gelegenheit ja zusammenreissen.

HETE

besinnt sich angesichts der Beiden, holt ihre Sachen wiederum unter dem Strohsack hervor und läuft an den Männern vorüber, hinaus und eine Treppe hinauf.

PLESCHKE
hinter Heten dreinsprechend.

Was laufst'n Du . . . laufst'n Du — fort? — Mir — thun der nischt . . . thun der nischt. — Gelt, Hanke? Gelt?

TULPE
am Ofen mit einem Kartoffeltopf beschäftigt.

Das Frauvolk is nich gescheit im Koppe. Die denkt, mir wär'n'r ne Sache wegnehmen.

PLESCHKE
eintretend.

O, Jes, Jes! Ihr Leute! Nu da . . . da hert's auf. — Gunabend . . . Gunabend ja. — Teifel, Teifel! — A Wetter is draussen . . . a Wetter is draussen —! der Länge lang ja . . . der Länge lang ja — bin ich hingeschlagen — a so lang wie ich bin.

Er ist mit geknickten Beinen bis zum Tische gehinkt. Hier legt er sein Bündel ab und wendet den wackligen Kopf mit den weissen Haaren und triefigen Augen zu Tulpe herum. Dabei schnappt er noch immer vor Anstrengung nach Luft, hustet und macht Bewegungen, um sich zu erwärmen. Indessen ist Hanke auch ins Zimmer gelangt. Einen Bettelsack hat er neben die Thür gestellt und sogleich begonnen, vor Frost bebend, trocknes Reisig in den Ofen zu stopfen.

TULPE

Wo kommst'n her?

PLESCHKE

Ich? Ich? Wo ich herkomme? Gar — gar von weit her. 's Oberdorf hab ich . . . hab ich abgeloofen.

TULPE

Bringste was mit?

PLESCHKE

Ja, ja, scheene Sachen. Scheene Sachen — hab ich. — Beim Kanter — kricht ich . . . kricht ich — 'n Finfer, ja — und oben beim Gastwirth . . . oben — beim Gastwirth — kricht ich . . . kricht ich 'n Topp voll, ja . . . 'n Topp voll . . . Topp voll Suppe kricht ich.

TULPE

Ich wer'n glei ufsetzen. Gib amal her. Sie zieht den Topf aus dem Bündel, setzt ihn auf den Tisch und wühlt weiter.

PLESCHKE

A Ende . . . Wurscht, ja — is ooch . . . ooch dabei. Der Fleescher . . . der Seipelt-Fleescher — hat mirsch . . . hat mirsch gegeben.

TULPE

Wie viel bringst'n Geld mitte?

PLESCHKE

Drei Beemen, ja . . . drei Beemen — sind's — gloob ich.

TULPE

Na gib ock her. Ich wer dersch ufheben.

HETE
wieder ein'tretend.

Ihr seid scheen tumm, dass ihr alles weggebt. Sie geht zum Ofen.

TULPE

Bekimmer Du Dich um Deine Sachen.

HANKE

A is doch der Breitgam.

HETE

O Jemersch, Jemersch!

HANKE

Da muss a doch ooch dr Braut was mitbringen. Das liegt halt eemal so in a Verhältnissen.

PLESCHKE

Du kannst zum Narrn haben . . . kannst zum Narrn haben — wen de willst, ja . . . wen de willst ja. An alten Mann . . . an alten Mann — den lass Du zufriede.

HETE
die Sprechweise des alten Pleschke nachäffend.

Der alte Pleschke ... der alte Pleschke ... der kann bald garnich ... garnich mehr labern. Der wird bald ... wird bald — gar gar gar gar gar kee Wort ... Wort mehr mehr raus rausbringen, ja.

PLESCHKE
mit seinem Stecken auf sie zugehend.

Jetzt zieh aber — Leine ... zieh aber · Leine.

HETE

Vor wem denn, hä?

PLESCHKE

Jetzt zieh aber — Leine!

TULPE

Immer gieb 'r a Ding.

PLESCHKE

Jetzt zieh aber — Leine!

HANKE

Lasst ihr die Tummheet.

HANKE

Ihr gebt Ruhe!

HETE
benutzt hinter dem Rücken HANKES den Moment, in welchem er, sie vertheidigend, mit Pleschke zu thun hat, um ihm aus dem Bettelsack blitzschnell etwas heraus zu greifen und damit fort zu rennen.

TULPE
die es bemerkt hat, schüttelt sich vor lachen.

HANKE

Da gibt's nischt zu lachen.

TULPE
immer lachend.

Nu! da! nu da! da soll Eens nich lachen.

PLESCHKE

O Jeses, Jeses! sieh ock dernach.

TULPE

Sieh d'r ock Deine Sachen an. Kann sein se sein was weniger geworn

HANKE
wendet sich, merkt, dass er gejoppt ist.

Luder!! *Er stürzt Hete nach.* Wenn ich dich kriege! *Man hört Trampeln, eine Treppe hinauf, Jagen, unterdrücktes Schreien.*

PLESCHKE

A Teifelsmädel! — A Teifelsmädel! *Er lacht in allen Tonarten.*

TULPE
will sich ebenfalls ausschütten vor Lachen. Plötzlich hört man die Hausthür heftig gehen. Das Lachen Beider bricht ab.

PLESCHKE

Nu? Was is das?

Heftige Windstösse wuchten gegen das Haus. Körniger Schnee wird gegen das Fenster geworfen. Einen Moment Stille. Jetzt erscheint Lehrer GOTTWALD — ein schwarzbärtiger Zweiunddreissiger — auf dem Arm trägt er das etwa vierzehnjährige HANNELE MATTERN. Das Mädchen, dessen lange rothe Haare offen über die Schulter des Lehrers herabhängen, wimmert fortwährend. Es hat sein Gesicht am Halse des Lehrers verborgen, seine Arme hängen schlaff und todt herab. Man hat es nur nothdürftig bekleidet und in Tücher eingehüllt. Mit aller Sorgfalt lässt Gottwald, ohne sich irgendwie um die Anwesenden zu bekümmern, seine Last auf das Bett gleiten, das rechts an der Wand steht. Ein Mann — Waldarbeiter — Namens SEIDEL, ist mit einer Laterne ebenfalls eingetreten. Er trägt, neben Säge und Axt, ein Bündel nasser Lumpen und hat einen alten Jägerhut ziemlich verwegen auf den schon stark angegrauten Kopf gesetzt.

PLESCHKE
dumm und betroffen starrend.

Hee, hee, hee, hee! — Was geht denn da vor? -- Was geht denn da vor?

GOTTWALD
Decken und seinen eignen Mantel über das Mädchen breitend.

Steine heiss machen, Seidel! schnell!

SEIDEL

Attent, attent! a paar Ziegelsteine. Allo, allo! immer macht, dass was wird.

TULPE

Was hat's denn mit 'r.

SEIDEL

I, lasst das Gefrage. *Schnell ab mit Tulpe.*

GOTTWALD
beruhigend zu Hannele.

Lass gut sein, lass gut sein! Aengste Dich nicht. Es geschieht Dir nichts.

HANNELE
mit klappernden Zähnen.

Ich fürcht mich so! Ich fürcht mich so!

GOTTWALD

Du brauchst Dich aber vor garnichts zu fürchten. Es wird Dir ja Niemand etwas thun.

HANNELE

Der Vater, Der Vater...

GOTTWALD

Der is ja nicht hier.

HANNELE

Ich fürcht mich so, wenn der Vater kommt.

GOTTWALD

Er kommt aber nicht. So glaub mir doch nur.

Jemand kommt in höchster Schnelligkeit die Treppe herunter.

HETE
hält ein Reibeisen in die Höhe.

Nu seht blos: a so was krigt Hanke geschenkt.

HANKE
ist hinter ihr drein gejagt, erreicht sie, will ihr das Reibeisen entwinden, sie aber wirft es mit einer schnellen Bewegung von sich mitten in's Zimmer hinein.

HANNELE
schreckhaft auffahrend:

Er kommt! Er kommt! *Halb aufgerichtet starrt sie, den Kopf vorgestreckt, mit dem Ausdruck höchster Angst in dem blassen, kranken, gramverzehrten Gesichtchen in der Richtung der Geräusche, HETE hat sich dem HANKE entwunden und ist fort in das Hinterzimmer. HANKE tritt ein um das Reibeisen aufzuheben.*

HANKE

Ich wer Dirsch anstreichen. Dare Du!

GOTTWALD
zu Hannele:

Du kannst ruhig sein, Hannele. — *Zu Hanke.* Was wollen Sie denn?

HANKE
erstaunt:

Ich? Was ich will?

HETE
steckt den Kopf herein, ruft:

Langfinger! Langfinger!

HANKE
drohend:

Sei Du ganz geruhig, Dir zahl ich's heem.

GOTTWALD

Ich bitte um Ruhe, hier liegt 'n Krankes.

HANKE
hat das Reibeisen aufgehoben und zu sich gesteckt. Ein wenig verschüchtert zurücktretend.

Was ist denn da los?

SEIDEL
kommt wieder. Er bringt zwei Ziegelsteine.

Hier bring ich einstweilen.

GOTTWALD
fasst die Steine prüfend an.

Schon genug?

SEIDEL

A bissel wärmt's schonn. *Er bringt einen der Steine an den Füssen des Mädchens unter.*

GOTTWALD
bedeutet eine andere Stelle.

Den andern hierher.

SEIDEL

Se hat sich eemal noch nicht erwärmt.

GOTTWALD

Es beutelt sie förmlich.

TULPE ist hinter SEIDEL her gekommen. Ihr sind HETE und PLESCHKE gefolgt. An der Thür werden einige andere Armenhäusler, fragwürdige Gestalten, sichtbar. Alle sind voll Neugier, flüstern, werden allmählig lauter und bewegen sich näher heran.

TULPE
zunächst dem Bette stehend, die Hände in die Seite gestemmt

Heess Wasser und Brantwein, wenn's was da hat.

SEIDEL
zieht eine Schnapsflasche, ebenso Pleschke und Hanke.

Hier is noch a Neegel.

TULPE
schon am Ofen.

Her damitte.

SEIDEL

Is heess Wasser?

TULPE

O Jes, da kann man 'n Ochsen verbrühn

GOTTWALD

Und bischen Zucker reinthun, wenn's giebt.

HETE

Wo sollen mir ock a Zucker herhaben.

TULPE

Du hast ja welchen. Red ni so tumm.

HETE

Ich? Zucker? Nee. Sie lacht gezwungen.

TULPE

Du hast doch welchen mittegebracht. Ich hab's doch gesehn, im Tichel, vorhin. Da lig ock nich erscht.

SEIDEL

Na mach. Bring her.

HANKE

Nu lauf, Hete, lauf!

SEIDEL

Du siehst doch, wie's mit dem Mädel steht.

HETE
verstockt.

O, vor mir.

PLESCHKE

Sollst Zucker holen.

HETE

Beim Kaufmann hat's 'n. Sie drückt sich hinaus.

SEIDEL

Nu haste Zeit, dasste Beene machst, sonst setzt's a paar Dinger hinter die Lauscher. Kann sein, Du hättst damitte genug. — Nach mehr sähst Du Dich gewiss nich um.

PLESCHKE
war einen Moment hinausgegangen, kommt wieder.

A so is das Mädel ... so is das Mädel.

SEIDEL

Der wollt ich woll ihre Mucken austreiben. Wenn ich und war wie der Ortsvorsteher, ich nehm mir a tichtgen weidnen Knippel und — haste geschn — die wer schonn arbeiten. A Madel wie die... die is jung und stark. Was braucht die im Armenhause zu liegen.

PLESCHKE

Hier hab ich — noch a klee Brickel... Brickel... a klee Brickel Zucker — hab ich noch... hier noch ja — gefunden.

HANKE
schnüffelnd in den Grogduft.

Da wär ich ooch gerne genug amal krank.

AMTSDIENER SCHMIDT
mit einer Laterne, tritt ein. Eindringlich und vertraulich:

Macht Platz, der Herr Amtsvorsteher kommt.

Amtsvorsteher BERGER tritt ein. Hauptmann der Reserve, wie nicht zu verkennen. Schnurrbärtchen. Noch jugendliches, gutes Gesicht, schon stark angegrautes Haar. Langen Überrock, Anflug von Eleganz. Stock. Der Kramphut ebenfalls schief und keck aufgesetzt. Etwas Burschikoses liegt in seinem Wesen.

DIE ARMENHAEUSLER

Gunabend, Herr Amtsvorsteher! Gunabend, Herr Hauptmann!

BERGER

Nabend! *Er legt Hut, Stock und Mantel ab. Mit einer bezeichnenden Gebärde.* Nu mal rrraus hier! *Schmidt befördert die Armenhäusler hinaus und drängt sie in's Hinterzimmer.*

BERGER

Gunabend, Herr Gottwald. *Reicht ihm die Hand.* Nu, wie steht's hier?

GOTTWALD

Wir haben sie halt aus dem Wasser gezogen.

SEIDEL
tritt vor.

Sie werden entschuldigen, Herr Amtsvorsteher. *Er schlägt dabei in alter militärischer Gewohnheit grüssend mit der Hand an die Stirn.* Ich hatte noch was in der

Schmiede zu thun. Ich wollt mer a Band um de Axt lassen machen. Und wie ich nu raustrete aus der Schmiede,.. da is doch unten an der Jeuchner Schmiede... da is doch a Teich. Man mechte bald sprechen a halber See. *Zu Gottwald.* Na ja, 's is wahr. A is bald a so gross. Und wie se vielleicht wern wissen, Herr Vorsteher: da hat's ane Stelle, die de nicht zufriert. Und nie und nimmer friert Ihn die nich zu. Ich war noch a ganz a kleener Junge ...

BERGER

Na — und? Was war da?

SEIDEL

wieder mit der Hand an die Stirn schlagend:

Nu wie ich also, und tret' aus der Schmiede — der Mond kam grade a Bissel durch — da her ich ihn halt a so a Gewimmer. Erscht denk ich 's macht der blos was vor. Da seh ich aber ooch schonn, dass Jemand uff'n Teiche is. Und immer zu uff de offne Stelle. Ich schrei — da is a ooch schonn verschwunden. Na ich, kennse denken, ich in de Schmiede, a Brett genomm, erscht garnischt gesagt und rum um a Teich. 'S Brett auf's Eis. Ich eens, zwee, drei — und da hat ich se doch ooch schonn beim Wickel.

BERGER

Das lass ich mir doch mal gefallen, Seidel. Sonst hört man blos immer von Keilereien, Köpfe blutig schlagen, Beine gebrochen. Das is doch wenigstens mal was anders. Da habt Ihr sie gleich hierher gebracht?

SEIDEL

Der Herr Lehrer Gottwald ...

GOTTWALD

Zufälligerweise ging ich vorüber. Ich kam aus der Lehrerconferenz. Da hab' ich sie erst mal zu mir genommen. Meine Frau hat schnell was zusammen gesucht, damit sie nur trocken am Leibe wurde.

BERGER

Wie hängt denn nun die Geschichte zusammen?

SEIDEL
zögernd:

Nu — 's is' halt vom Mattern-Mäuer die Stieftochter.

BERGER
einen Moment lang betreten:

Von wem? Der Lump der!

SEIDEL

De Mutter is vor sechs Wochen gestorben. Das übrige weess man ja von alleene. Die hat Ihn gekratzt und um sich geschlagn, blos weil se dachte ich wär der Vater.

BERGER
murmelt:

So'n Wicht.

SEIDEL

Nu sitzt a doch wieder im Niederkretscham und sauft seit gestern in eenem Biegen. Der schenkt'n doch ein a so viel wie a will.

BERGER

Das woll'n wir dem Karl doch mal eklich versalzen. *Er beugt sich über das Bett, um Hannele anzureden.* Du! Mädel! sag mall Du wimmerst ja so. Du brauchst mich garnicht so furchtsam ansehn. Ich thu Dir nichts. Wie heisst Du denn? — Was sagst Du? Ich hab Dich nicht verstanden. — — — *Er richtet sich auf.* Ich glaube, das Mädel ist etwas störrisch.

GOTTWALD

Sie ist nur verängstet — Hannele!

HANNELE
haucht:

Ja.

GOTTWALD

Du musst dem Herrn Amtsvorsteher antworten.

HANNELE
zitternd:

Lieber Gott, mich friert.

SEIDEL
kommt mit dem Grog:

Komm, trink amal, hier!

HANNELE
wie vorher:

Lieber Gott, mich hungert.

GOTTWALD
zum Amtsvorsteher:

Und wenn man's ihr vorhält, will sie nicht essen.

HANNELE

Lieber Gott, mir thut es so bitter weh.

GOTTWALD

Wo thut Dir's denn weh?

HANNELE

Ich hab solche Furcht.

BERGER

Wer thut Dir denn was? Wer? Nur raus mit der Sprache. — Ich versteh' keine Silbe, liebes Kind. Das kann mir nichts helfen. — Hör' mal auf mich, Mädel! hat Dich Dein Stiefvater schlecht behandelt? — Geschlagen, mein' ich? — Eingesperrt? Aus dem Hause geworfen, so was, wie? — — — Du lieber Gott, ja . . . . .

SEIDEL

Das Mädel ist schweigsam. Das soll schonn schlimm kommen, eh' die ein Wort sagt. Die is, möcht man sprechen, stumm wie ein Lamm.

BERGER

Ich möchte nur was Bestimmtes wissen. Vielleicht kann ich doch den Kerl nun mal fassen.

GOTTWALD

Sie hat unsinnige Angst vor dem Menschen.

SEIDEL

Das is doch nischt Neues mehr mit dem Kerle. Das weess, mecht ma sprechen ... Das weess doch a Jeds ... Da kenn se doch fragen, wen se wollen. Mich wundert blos, dass das Mädel noch lebt. Man sollte denken, 's wär garnicht meeglich.

BERGER

Was hat er denn mit ihr aufgestellt?

SEIDEL

Nu — halt — a so allerhand, mecht man sprechen. Um neune Abends jagt'r se naus — und wenn's so a Wetter war wie heute — da sollt se an Fünfbemer mit nach Hause bringen. — Na, was denn sonnste, halt zum versaufen. Wo soll Ihn das Mädel an Fünfbemer hernehmen? Da blieb se halt halbe Nächte im Freien. — Denn wenn se kam und brachte keen Geld ... de Leute sind Ihn zusammgeloofen, so hat se geschrien, geprillt mecht man sprechen.

GOTTWALD

An der Mutter hatte sie noch'n Rückhalt.

BERGER

Ich werde den Kerl jedenfalls gleich einstecken. Er steht ja schon langst auf der Säuferliste. Nu komm mal, Mädel, sieh mich mal an.

HANNELE
flehentlich:

Ach bitte, bitte, bitte, bitte!

SEIDEL

Aus der wern se woll a so leichte nischt rauskriegen.

GOTTWALD
mild:

Hannele!

HANNELE
Ja.

GOTTWALD
Kennst Du mich?

HANNELE
Ja.

GOTTWALD
Wer bin ich denn?

HANNELE
Der — Herr Lehrer — Gottwald.

GOTTWALD
Schön. Na siehst Du. Ich mein es doch immer gut mit Dir. Nu kannst Du mir auch mal gleich erzählen . . . Du warst doch unten am Schmiedeteich —. Weshalb bist Du denn nicht zu Hause geblieben? Nu? Warum nicht?

HANNELE
Ich fürchte mich so.

BERGER
Wir werden uns ganz beiseite stellen. Sag's nur dem Herrn Schullehrer ganz allein.

HANNELE
scheu und geheimnisvoll:
Es hat gerufen.

GOTTWALD
Wer hat gerufen?

HANNELE
Der liebe Herr Jesus.

GOTTWALD
Wo — hat Dich der liebe Herr Jesus gerufen!

HANNELE

Im Wasser.

GOTTWALD

Wo?

HANNELE

Nu unten — im Wasser.

BERGER
zieht sich, seinen Entschluss ändernd, den Ueberrock an.

Hier muss vor allen Dingen der Doktor her. Ich denke er wird noch im Schwerte sitzen.

GOTTWALD

Ich hatte auch gleich zu den Schwestern geschickt. Das Kind muss unbedingt Pflege erhalten.

BERGER

Ich gehe und sage dem Doktor Bescheid. *Zu Schmidt.* Sie bringen mir mal den Wachtmeister ran. Ich warte im Schwert. Gutnacht, Herr Gottwald. Wir wollen den Kerl gleich heute noch aufheben. *Ab mit Schmidt. Hannele schläft ein.*

SEIDEL
nach einer Pause.

A wird sich hitten und wird den einsperren.

GOTTWALD

Warum denn nicht?

SEIDEL

Der weess schonn warum. Wer hat denn das Kind in die Welt gesetzt.

GOTTWALD.

Ach Seidel, das ist ja blosses Gerede.

SEIDEL

Na wissen Se: der Mann hat Ihn gelebt.

GOTTWALD

Was lügen die Leute nicht alles zusammen. Da kann man noch nich mal die Hälfte glauben. — Wenn nur der Doktor bald kommen wollte.

SEIDEL
leise:

Ich gloobe, das Mädel steht nich mehr uff.

DOKTOR WACHLER *tritt ein, ein etwa vierunddreissigjähriger ernster Mann.*

DOKTOR WACHLER

Gutnabend.

GOTTWALD

Gutnabend.

SEIDEL
beim Pelz Ausziehen behülflich:

Gunabend, Herr Dokter!

DOKTOR WACHLER
wärmt am Ofen seine Hände.

Noch ein Licht möcht ich haben. *Im Hinterzimmer wird ein Leierkasten gedreht:* Die scheinen da drüben verrückt zu sein.

SEIDEL
schon an der geöffneten Thür des Hinterzimmers:

Ihr sollt Euch a bissel ruhig verhalten. *Der Lärm schweigt,* SEIDEL *verschwindet im Hinterzimmer.*

DOKTOR WACHLER

Herr Gottwald? nicht wahr?

GOTTWALD

Ich heisse Gottwald.

DOKTOR WACHLER

Sie hat sich ertränken wollen, hör ich.

GOTTWALD

Sie hat sich wohl keinen Rath mehr gewusst.

Kleine Pause.

DOKTOR WACHLER
an's Bett tretend, beobachtend:

Sie spricht wohl im Schlaf?

HANNELE

Millionen Sternchen. Doktor WACHLER und GOTTWALD beobachten. Mondschein fällt durch's Fenster und beleuchtet die Gruppe. Was ziehst Du an meinen Knochen? Au, au! Es thut mir in der Seele weh.

DOKTOR WACHLER
lockert ihr vorsichtig das Hemd am Halse.

Der ganze Leib scheint mit Striemen bedeckt.

SEIDEL

So lag Ihn die Mutter och im Sarge.

DOKTOR WACHLER

Erbärmlich! Erbärmlich.

HANNELE
mit verändertem, starrischen Ton:

Ich mag nicht. Ich mag nicht. Ich geh nicht zu Hause. Ich muss — zu der Frau Holle — in den Brunnen gehn. Lass mich doch — Vater. Pfui, wie das stinkt! Du hast wieder Branntwein getrunken. — Horch, wie der Wald rauscht! — Heute Morgen hat ein Windbaum auf den Bergen gelegen. Wenn nur kein Feuer ausbricht. — — — Wenn der Schneider keinen Stein in der Tasche und kein Bügeleisen in der Hand hat, fegt ihn der Sturm über alle Berge. Horch! es stürmt. — — —

Die Diakonissin, SCHWESTER MARTHA, kommt.

GOTTWALD

Gutenabend Schwester.

SCHWESTER MARTHA
nickt.

GOTTWALD
tritt zur Diakonissin, die alles zur Pflege bereit macht, und spricht mit ihr im Hintergrund.

HANNELE

Wo ist meine Mutter? Im Himmel? Aach! aach, so weit! — *Sie schlägt die Augen auf, blickt fremd um sich, fährt mit der Hand über die Augen und spricht kaum hörbar:* Wo — bin ich — denn?

DOKTOR WACHLER
über sie gebeugt:

Bei guten Menschen.

HANNELE

Mich dürstet.

DOKTOR WACHLER

Wasser!

SEIDEL
der ein zweites Licht gebracht hat, geht, Wasser zu holen.

DOKTOR WACHLER

Hast Du irgendwo Schmerzen?

HANNELE
schüttelt den Kopf.

DOKTOR WACHLER.

Nicht? Na sieh mal an: da ist es ja garnicht so schlimm mit uns.

HANNELE

Sind Sie der Doktor?

DOKTOR WACHLER

Gewiss.

HANNELE
Da bin ich — wohl krank?

DOKTOR WACHLER
Ein Bisschen, nicht sehr.

HANNELE
Wollen sie mich gesund machen?

DOKTOR WACHLER
schnell untersuchend:

Thut es hier weh? Da? Schmerzt es hier? Hier? — Hier? — Du brauchst mich garnicht so ängstlich anseh'n, ich thu' Dir nicht weh. Wie ist es hier? Hast Du Schmerzen hier?

GOTTWALD
tritt wieder an's Bett.

Antworte dem Herrn Doktor, Hannele!

HANNELE
mit inniger, bittender, in Thränen zitternder Stimme.

Ach, lieber Herr Gottwald.

GOTTWALD
Jetzt pass nur auf, was der Doktor sagt und antworte schön. *Hannele schüttelt den Kopf.* Warum denn nicht?

HANNELE
Weil... weil... ich möchte so gern zu Muttern.

GOTTWALD
streicht ergriffen über ihr Haar.

Na lass das nur gut sein. *Kleine Pause.*

Der Doktor richtet sich auf, holt Athem und ist einen Moment lang nachdenklich. Die Schwester Martha hat das zweite Licht vom Tisch genommen und leuchtet damit.

DOKTOR WACHLER
winkt Schwester Martha.

Ach bitte Schwester! *Er tritt mit ihr an den Tisch und giebt ihr mit leiser Stimme Verhaltungsmassregeln. Gottwald nimmt nun seinen Hut und steht abwartend, Blicke bald auf Hannele, bald auf den Doktor und die Diakonissin werfend.*

DOKTOR WACHLER
das leise Gespräch mit der Schwester abschliessend.

Ich werde wohl noch mal wiederkommen. — Die Medikamente schicke ich übrigens. *Zu Gottwald.* Er soll arretirt sein, im Gasthaus zum Schwert.

SCHWESTER MARTHA

So hat man mir wenigstens eben gesagt.

DOKTOR WACHLER
zieht seinen Pelz über. Zu Seidel.

Sie kommen wohl mit zur Apotheke! — ·—

Der DOKTOR, GOTTWALD und SEIDEL begrüssen die SCHWESTER MARTHA im Abgehen kurz.

GOTTWALD
angelegentlich.

Wie denken Sie über den Zustand, Herr Doktor? *Alle drei ab. Die Diakonissin ist nun bei Hannele allein. Sie giesst Milch in ein Töpfchen. Während dessen öffnet Hannele die Augen und beobachtet sie.*

HANNELE

Kommst Du vom Herr Jesus?

SCHWESTER MARTHA

Was sagtest Du?

HANNELE
Ob Du vom Herr Jesus kommst?

SCHWESTER MARTHA
Kennst Du mich denn nicht mehr, Hannele? Ich bin doch die Schwester Martha, nicht wahr? Du warst doch bei uns, weisst Du nicht mehr? Wir haben mit einander gebetet und schöne Lieder gesungen. Nicht wahr?

HANNELE
<small>nickt freudig.</small>
Ach, schöne Lieder!

SCHWESTER MARTHA
Nun will ich Dich pflegen in Gottes Namen. Bis Du wieder gesund wirst.

HANNELE
Ich mag nicht gesund werden.

SCHWESTER MARTHA
<small>mit einem Milchtöpfchen bei ihr.</small>
Der Doktor sagt, Du sollst etwas Milch nehmen, damit Du wieder zu Kräften kommst.

HANNELE
<small>weigert sich.</small>
Ich mag nicht gesund werden.

SCHWESTER MARTHA
Du magst nicht gesund werden? Nun überleg Dir's nur erst ein Weilchen. Komm, komm, ich will Dir die Haare aufbinden. <small>Sie thut es.</small>

HANNELE
<small>weint leise.</small>
Ich will nicht gesund werden.

SCHWESTER MARTHA
Warum denn nur nicht?

HANNELE
Ich möchte so gern ... ich möchte so gern — in den Himmel kommen.

SCHWESTER MARTHA

Das steht nicht in unsrer Macht, gutes Kind. Da müssen wir warten, bis Gott uns abruft. Aber wenn Du Deine Sünden bereust ...

HANNELE
eifrig.

Ach Schwester! ich bereue so sehr.

SCHWESTER MARTHA

Und an den Herrn Jesus Christus glaubst ...

HANNELE

Ich glaube an meinen Heiland so fest.

SCHWESTER MARTHA

Dann kannst Du getrost und ruhig zuwarten. — Ich rück Dir jetzt Deine Kissen zurecht und Du schläfst ein.

HANNELE

Ich kann nicht schlafen.

SCHWESTER MARTHA

Versuch es nur

HANNELE

Schwester Martha!

SCHWESTER MARTHA

Nun?

HANNELE

Schwester Martha! giebt es Sünden ... giebt es Sünden, die nicht vergeben werden?

SCHWESTER MARTHA

Jetzt schlafe nur, Hannele! Reg Dich nicht auf.

HANNELE

Ach, sagen Sie mir's, bitte, bitte recht schön.

SCHWESTER MARTHA

Es giebt solche Sünden. Allerdings. Die Sünden wider den heiligen Geist.

HANNELE

Wenn ich nun eine begangen habe.

SCHWESTER MARTHA

Ach wo. Das sind nur ganz schlimme Menschen. Wie Judas, der den Herrn Jesus verrieth.

HANNELE

Es kann doch aber . . . es kann doch sein.

SCHWESTER MARTHA

Du musst jetzt schlafen.

HANNELE

Ich ängst mich so.

SCHWESTER MARTHA

Das brauchst Du durchaus nicht.

HANNELE

Wenn ich so eine Sünde begangen habe.

SCHWESTER MARTHA

Du hast keine solche Sünde begangen.

HANNELE
_{klammert sich an die Schwester und starrt in's Dunkle.}

Ach Schwester, Schwester!

SCHWESTER MARTHA

Sei Du ganz ruhig.

HANNELE

Schwester!

SCHWESTER MARTHA

Was denn?

HANNELE

Er wird gleich reinkommen. Hörst Du nicht?

SCHWESTER MARTHA

Ich höre gar nichts.

HANNELE

Es ist seine Stimme. Draussen. Horch!

SCHWESTER MARTHA

Wen meinst Du denn nur?

HANNELE

Der Vater, der Vater — dort steht er.

SCHWESTER MARTHA

Wo denn?

HANNELE

Sieh doch.

SCHWESTER MARTHA

Wo?

HANNELE

Unten am Bett.

SCHWESTER MARTHA

Hier hangt ein Mantel und hier ein Hut. Wir wollen das garstige Zeug mal wegnehmen — und rüber zum Vater Pleschke tragen. Ich bringe mir gleich etwas Wasser mit und mache Dir einen kalten Umschlag. Willst Du ein Augenblickchen allein bleiben? Aber ganz, ganz ruhig und stille liegen.

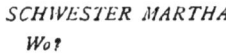

HANNELE

Ach bin ich dumm. Es war blos ein Mantel, gelt? und ein Hut!?

SCHWESTER MARTHA

Aber ganz, ganz still, ich komme gleich wieder. Sie geht, muss aber umkehren, da es im Hausflur stockfinster ist. *Ich stelle das Licht hier heraus auf den Flur.* Noch einmal liebevoll mit dem Finger drohend: *Und ganz, ganz ruhig.* Ab.

Es ist fast ganz dunkel. Sogleich erscheint am Fussende von Hanneles Bett die Gestalt des Maurers Mattern. Ein versoffenes, wüstes Gesicht, rothe struppige Haare, worauf eine abgetragene Militärmütze ohne Schild sitzt. Sein Maurerhandwerkszeug trägt er in der Linken. Er hat einen Riemen um die rechte Hand geschlungen und verharrt die ganze Zeit über in einer Spannung, wie wenn er im nächsten Augenblick auf Hannele losschlagen wollte. Von der Erscheinung geht ein fahles Licht aus, welches den Umkreis um Hanneles Bett erhellt.

HANNELE bedeckt erschrocken ihre Augen mit den Händen, stöhnt, windet sich und stösst leise wimmernde Laute aus.

DIE ERSCHEINUNG
Heisere, in höchster Wut gepresste Stimme.

Wo bleibst Du? Wo bist Du gewesen Mädel? Was hast Du gemacht? Ich wer Dich lehren. Ich wer Dir'sch beweisen, pass amal uff. Was hast Du zu a Leuten gesagt? Hab ich Dich geschlagen und schlecht behandelt? Ha? Ist das wahr? Du bist ni mei Kind. Mach dass Du uffstehst. Du gehst mich nischt an. Ich kennte Dich uff die Gasse schmeissen.. Steh uff und mach Feuer. Wird's bald werden? Aus Gnade und Barmherzigkeit bist Du im Hause. Gelt nu noch faullenzen oben druff. Nu? Wird's nu werden? Ich schlag Dich so lange biste, biste ...

Hannele ist mühsam und mit geschlossenen Augen aufgestanden, hat sich zum Ofen geschleppt, das Thürchen geöffnet und bricht nun ohnmächtig zusammen. In diesem Augenblick kommt Schwester Martha mit Licht und einem Krug Wasser und die Mattern-Hallucination verschwindet. Sie stutzt, gewahrt Hannele in der Asche liegen, erschrickt, stösst einen Ruf aus: „Herr Jesus!" Stellt das Licht und den Krug weg, läuft zu Hannele und hebt sie vom Boden auf. Der Ruf lockt die übrigen Armenhausbewohner heran.

SCHWESTER MARTHA

Ich habe nur müssen Wasser holen, da ist sie mir aus dem Bett gestiegen. Ich bitte Sie Hedwig, helfen Sie mir!

HANKE

Nu Hete, da kannste Dich in Obacht nehmen, sonst brichste der alle Knochen im Leibe.

PLESCHKE

Ich globe — dem Mädel ... ich globe dem Mädel ... dem hat's Eens ... hat's Eens angethan, Schwester!

TULPE

Kann sein — das Mädel — is gar verhext.

HANKE
laut:

Das geht hier zu Ende, a so viel sag ich.

SCHWESTER MARTHA
hat mit Hilfe Hedwigs Hannele wieder auf's Bett gelegt.

Sie haben vielleicht ganz recht, lieber Mann, aber bitte, nicht wahr, Sie sehen das ein: wir dürfen die Kranke nicht länger aufregen!?

HANKE

A so viel machen wir garnich her.

PLESCHKE
zu Hanke:

A Laps bist Du ... a Laps bist Du ... a Laps, das d's weesst's ja — und weiter ... weiter nischt. A Krankes ... a Krankes — das weess ja a Kind ... a Krankes muss seine Ruhe haben.

HETE
macht ihm nach:

A Krankes ... a Krankes ...

SCHWESTER MARTHA

Ich möchte recht dringend bitten, recht herzlich ...

TULPE

Die Schwester hat recht, macht Ihr, dass Ihr naus kommt.

HANKE

Wir gehn schonn alleene, wenn mer Lust hann.

HETE

Mir solln woll im Hihnerstalle schlafen.

PLESCHKE

Fer Dich wird Platz sein ... fer Dich is Platz ja, — Du weesst wo de bleibst.

Die Armenhäusler alle ab.

HANNELE
öffnet die Augen ängstlich:

Ist ... ist er fort?

SCHWESTER MARTHA

Die Leute sind fort. Du hast Dich doch nicht erschrocken, Hannele?

HANNELE
immer in Angst:

Ist Vater fort?

SCHWESTER MARTHA

Er war ja nicht hier.

HANNELE

Ja, Schwester ja!

SCHWESTER MARTHA

Das wirst Du geträumt haben.

HANNELE
mit tiefem Seufzer von Innen betend:

Ach lieber Herr Jesus! Ach lieber Herr Jesus! Ach schönstes bestes, Herr Jesulein: so nimm mich doch zu Dir, so nimm mich doch zu Dir
Verändert:
Ach, wenn er doch käm,
Ach, dass er mich nähm
Und dass ich den Leuten
Aus den Augen käm.

Ich weiss es ganz gewiss Schwester ...

SCHWESTER MARTHA

Was weisst Du denn?

HANNELE

Er hat mir's versprochen. Ich komm in den Himmel, er hat mir's versprochen.

SCHWESTER MARTHA

Hm.

HANNELE

Weisst Du wer?

SCHWESTER MARTHA

Nun?

HANNELE
geheimnissvoll in's Ohr der Schwester:

Der liebe Herr — Gottwald.

SCHWESTER MARTHA

Jetzt schlaf aber Hannele: weisst Du was?

HANNELE

Schwester, gelt? Der Herr Lehrer Gottwald ist ein schöner Mann. Heinrich heisst er. Gelt? Heinrich ist ein schöner Name, gelt? *Innig.* Du lieber, süsser Heinrich! Schwester! weisst Du was? Wir machen zusammen Hochzeit. Ja, ja, wir Beide: der Herr Lehrer Gottwald und ich.

    Und als sie nun verlobet warn
    Da gingen sie zusammen
    In ein schneeweisses Federbett
    In einer dunklen Kammer. —

Er hat einen schönen Backenbart — *Verzückt.* Auf seinem Kopfe wächst blühender Klee. — Horch! — er ruft mich. Hörst Du nicht?

SCHWESTER MARTHA

Schlaf, Hannele, schlaf, es ruft Niemand.

HANNELE

Das war der Herr — Jesus. — Horch! horch! jetzt ruft er mich wieder: Hannele! — *ganz laut:* Hannele! ganz, ganz deutlich. Komm, geh mit mir.

SCHWESTER MARTHA
Wenn Gott mich abruft, werd' ich bereit sein.

HANNELE
nun wieder vom Mond beschienen, reckt den Kopf, wie wenn sie süsse Gerüche einsöge.
Spürst Du nichts Schwester?

SCHWESTER MARTHA
Hannele nein.

HANNELE
Den Fliederduft? *In immer gesteigerter, seliger Extase:* So hör doch! So hör doch! — Was das blos ist? *Es wird wie aus weiter Ferne eine süsse Stimme hörbar.* Sind das die Engel? Hörst Du denn nicht?

SCHWESTER MARTHA
Gewiss, ich hör's, aber weisst Du was, Du musst Dich nun still auf die Seite legen und ruhig schlafen bis morgen früh.

HANNELE
Kannst Du das auch singen?

SCHWESTER MARTHA
Was denn Kindchen?

HANNELE
Schlaf, Kindchen, schlaf!

SCHWESTER MARTHA
Willst Du es gern hören?

HANNELE
legt sich zurück und streichelt die Hand der Schwester.
Mutterchen, sing mir's! Mutterchen, sing mir's.

SCHWESTER MARTHA

löscht das Licht aus, beugt sich über das Bett und spricht mit leichter Andeutung der Melodie, während die ferne Musik fortönt.

Schlaf, Kindchen, schlaf!
Im Garten geht ein Schaf,
nun singt sie und es wird ganz dunkel:
Im Garten geht ein Lämmelein
Auf dem grünen Dämmelein,
Schlaf, Kindchen, schlaf!

Ein Dämmerlicht erfüllt nun das ärmliche Gemach. Auf der Bettkante, nach vorn gelegen, sich mit den blossen mageren Armen stützend, sitzt eine blasse, geisterhafte Frauengestalt. Sie ist barfuss; das weisse Haar hängt offen und lang an den Schläfen herab und fällt bis auf die Bettdecke. Das Gesicht ist abgehärmt, ausgemergelt; die in tiefe Höhlen gesunkenen Augen scheinen, obgleich festgeschlossen, auf das schlafende Hannele gerichtet. Ihre Stimme ist wie die einer Schlafwandelnden, monoton. Bevor sie ein Wort hervorbringt, bewegt sie, gleichsam vorbereitend, die Lippen. Mit einiger Anstrengung scheint sie die Laute aus der Tiefe ihrer Brust hervorzuholen. Vor der Zeit gealtert, hohlwangig, abgemagert und auf's dürftigste gekleidet.

FRAUENGESTALT

Hannele!

HANNELE
ebenfalls mit geschlossenen Augen:
Mutterchen, liebes Mutterchen, bist Du's?

FRAUENGESTALT

Ja. Ich habe die Füsse unsers lieben Heilands mit meinen Thränen gewaschen und mit meinem Haupthaar getrocknet.

HANNELE

Bringst Du mir gute Botschaft?

FRAUENGESTALT

Ja.

HANNELE

Kommst Du von weither?

FRAUENGESTALT

Hunderttausend Meilen weit durch die Nacht.

HANNELE

Mutter, wie siehst Du aus?

FRAUENGESTALT

Wie die Kinder der Welt.

HANNELE

In Deinem Gaumen wachsen Maiglöckchen. Deine Stimme tönt.

FRAUENGESTALT

Es ist kein reiner Klang.

HANNELE

Mutter, liebe Mutter, wie glänzest Du doch in Deiner Schöne.

FRAUENGESTALT

Die Engel im Himmel sind viel hundertmal schöner.

HANNELE
Warum bist Du nicht auch so schön?

FRAUENGESTALT
Ich litt Pein um Dich.

HANNELE
Mutterchen, bleibe bei mir.

FRAUENGESTALT
<small>erhebt sich.</small>

Ich muss fort.

HANNELE
Ist es schön, wo Du bist?

FRAUENGESTALT
Weite, weite Auen, bewahrt vor dem Winde, geborgen vor Sturm und Hagelwettern in Gottes Hut.

HANNELE
Ruhst Du aus, wenn Du müde bist?

FRAUENGESTALT
Ja.

HANNELE
Hast Du Speise zu essen, wenn's Dich hungert?

FRAUENGESTALT
Ich stille meinen Hunger mit Früchten und Fleisch. Mich dürstet und ich trinke goldnen Wein. <small>Sie weicht zurück.</small>

HANNELE
Gehst Du fort, Mutter?

FRAUENGESTALT
Gott ruft.

HANNELE

Ruft Gott laut?

FRAUENGESTALT

Gott ruft laut nach mir.

HANNELE

Das ganze Herz ist mir verbrannt, Mutter!

FRAUENGESTALT

Gott wird es mit Rosen und Lilien kühlen.

HANNELE

Wird Gott mich erlösen?

FRAUENGESTALT

Kennst Du die Blume, die ich in der Hand hab?

HANNELE

Himmelschlüssel.

FRAUENGESTALT
<small>legt sie in Hanneles Hand.</small>

Du sollst sie behalten, als Gottes Pfand, lebe wohl!

HANNELE

Mutterchen, bleibe bei mir!

FRAUENGESTALT
<small>weicht zurück.</small>

Ueber ein Kleines, wirst Du mich nicht sehen und aber über ein Kleines so wirst Du mich sehn.

HANNELE

Ich fürchte mich.

FRAUENGESTALT
weicht weiter zurück.

Wie dem weissen Schneestaub auf den Bergen vom Winde geschieht, so wird Gott Deine Quäler verfolgen.

HANNELE

Geh nicht fort.

FRAUENGESTALT

Des Himmels Kinder sind wie die blauen Blitze der Nacht. — Schlafe!
Es wird nun wiederum allmälig dunkel. Dabei hört man von lieblichen Knabenstimmen gesungen die zweite Strophe des Liedes: „Schlaf, Kindchen, schlaf".

Schlaf, Kindchen, feste,
Es kommen fremde Gäste,

jetzt erfüllt mit einem Schlage ein goldgrüner Schein das Gemach. Man sieht drei lichte Engelsgestalten, schöne geflügelte Jünglinge mit Rosenkränzen auf den Köpfen, welche den Schluss des Liedes von Notenblättern, die zu beiden Seiten herunterhängen, absingen. Weder die Diakonissin noch die Frauengestalt ist zu sehen

Die Gäste, die jetzt kommen sein,
Das sind die lieben Engelein,
Schlaf, Kindchen, schlaf!

HANNELE
öffnet die Augen, starrt verzückt die Engelsgestalten an und sagt erstaunt:

Engel? *Mit wachsendem Staunen, hervorbrechender Freude, aber noch nicht zweifelsfrei:* Engel!! *Im Jubelüberschwang:* Engel!!!

Kleine Pause. Die Engel sprechen nun, nacheinander, Folgendes zur Musik:

ERSTER ENGEL

Auf jenen Hügeln die Sonne,
Sie hat Dir ihr Gold nicht gegeben.
Das wehende Grün in den Thälern,
Es hat sich für Dich nicht gebreitet.

ZWEITER ENGEL

Das goldne Brod auf den Aeckern,
Dir wollt' es den Hunger nicht stillen;
Die Milch der weidenden Rinder,
Dir schäumte sie nicht in den Krug.

DRITTER ENGEL

Die Blumen und Blüthen der Erde
Gesogen voll Duft und voll Süsse,
Voll Purpur und himmlischer Blaue,
Dir säumten sie nicht Deinen Weg.

Kleine Pause.

ERSTER ENGEL

Wir bringen ein erstes Grüssen
Durch Finsternisse getragen;
Wir haben auf unsern Federn
Ein erstes Hauchen von Glück.

ZWEITER ENGEL

Wir führen am Saum unsrer Kleider
Ein erstes Duften des Frühlings;
Es blühet von unsern Lippen
Die erste Röte des Tags.

DRITTER ENGEL

Es leuchtet von unsern Füssen
Der grüne Schein unsrer Heimath;
Es blitzen im Grund unsrer Augen
Die Zinnen der ewigen Stadt.

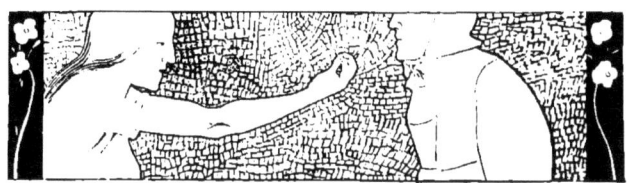

Es ist alles wie vor der Engelserscheinung: die Diakonissin sitzt neben dem Bett, darin Hannele liegt. Sie zündet das Licht wieder an und Hannele schlägt die Augen auf. Das innere Gesicht scheint noch vorhanden zu sein. Ihre Mienen haben noch den Ausdruck himmlischer Übersäligkeit. Sobald sie die Schwester erkannt hat, beginnt sie in freudiger Überstürzung zu reden.

HANNELE

Schwester! Engel! ... Schwester Martha, Engel! ... Weisst Du wer hier war?

SCHWESTER MARTHA

Hm. Wachst Du schon wieder.

HANNELE

Nu rathen Sie doch! Nu? *Herzenbrechend:* Engel! Engel! Richtige Engel! Engel vom Himmel, Schwester Martha! Du weisst doch: Engel mit langen Flügeln.

SCHWESTER MARTHA

Nun, wenn Du so schöne Träume gehabt hast...

HANNELE

Ach, ach! da sagt sie, das soll ich geträumt haben. Was ist aber das hier? Sieh Dir's doch an. *Sie thut, als ob sie eine Blume in der Hand hielte und sie ihr zeigte.*

SCHWESTER MARTHA

Was hast Du denn da?

HANNELE

Nu sieh Dir's doch an.

SCHWESTER MARTHA

Hm.

HANNELE

Hier, sieh doch!

SCHWESTER MARTHA

Aha!

HANNELE

So riech doch nur.

SCHWESTER MARTHA
thut als ob sie an einer Blume röche.

Hm; Schön.

HANNELE

Nicht doch, so tief. Du zerbrichst mir's ja.

SCHWESTER MARTHA

Das thut mir ja leid. Was ist es denn eigentlich?

HANNELE

Nu, Himmelsschlüssel, kennst Du das nicht?

SCHWESTER MARTHA

Ach so!

HANNELE

Du bist doch . . .! So bring doch das Licht. Schnell, schnell!

SCHWESTER MARTHA
indem sie mit dem Licht leuchtet:

Ach ja, jetzt seh ich's.

HANNELE

Gelt?

SCHWESTER MARTHA

Du sprichst aber wirklich viel zu viel. Wir müssen uns jetzt ganz stille verhalten, sonst ist der Herr Doktor böse auf uns. Er hat auch die Medizin geschickt. Die wollen wir auch getreulich einnehmen.

HANNELE

Ach, Schwester! Sie sorgen sich so um mich. Sie wissen ja gar nicht was passirt ist. Nu? Nu? Da sagen Sie's doch, wenn Sie's wissen. Wer hat mir denn das gegeben? Nu? Das goldne Schlüsselchen? Wer denn? Na? Wohin passt denn das goldene Schlüsselchen? Nu?

SCHWESTER MARTHA

Das erzählst Du mir alles morgen früh. Dann hast Du Dich tüchtig ausgeruht, bist frisch und gesund. . . .

HANNELE

Ich bin doch gesund. Sie setzt sich auf und stellt die Füsse auf den Boden. *Du siehst doch, dass ich gesund bin, Schwester!*

SCHWESTER MARTHA

Aber Hannele! Nein, das musst Du nicht thun. Das darfst Du nicht thun.

HANNELE
erhebt sich, wehrt die Schwester ab, thut einige Schritte:

Du sollst mich doch — lassen. Du sollst mich doch — lassen. Ich muss doch — fort. Sie erschrickt und starrt auf einen Punkt. *Ach, himmlischer Heiland!*

Man gewahrt einen Engel mit schwarzen Kleidern und Flügeln. Er ist gross, stark und schön und führt ein langes, geschlangeltes Schwert, dessen Griff mit schwarzen Floren umwickelt ist. Schweigsam und ernst sitzt er in der Nähe des Ofens und blickt Hannele an, unverwandt und ruhig. Ein weisses, traumhaftes Licht füllt den Raum.

HANNELE

Wer bist Du? *Keine Antwort.* Bist Du ein Engel? *Keine Antwort.* Kommst Du zu mir? *Keine Antwort.* Ich bin Hannele Mattern, kommst Du zu mir? *Zunächst keine Antwort. Mit gefalteten Händen, andächtig und demütig hat Schwester Martha dagestanden. Nun begiebt sie sich langsam hinaus.*

HANNELE

Hat Gott Dir die Sprache von Deiner Zunge genommen? *Keine Antwort.* Bist Du von Gott? *Keine Antwort.* Bist Du mir freundlich? Kommst Du als Feind? *Keine Antwort.* Hast Du ein Schwert in den Falten Deines Kleides? *Keine Antwort.* Brrr, mich friert. Schneidender Frost weht von Deinen Flügeln. Kälte haucht von Dir aus. *Keine Antwort.* Wer bist Du? *Keine Antwort. Ein plötzliches Grauen übermannt sie. Mit einem Schrei wendet sie sich, als ob Jemand hinter ihr wäre.* Mutterchen! Mutterchen! *Eine Gestalt in der Kleidung der Diakonissin, aber schöner und jugendlicher als diese, mit langen weissen Flügeln, kommt herein. Hannele, sich an die Gestalt drängend, ihre Hand erfassend:* Mutterchen! Mutterchen! es ist Jemand hier.

DIAKONISSIN

Wo?

HANNELE

Dort, dort.

DIAKONISSIN

Warum zitterst Du so?

HANNELE

Ich fürchte mich.

DIAKONISSIN

Fürchte Dich nicht, ich bin bei Dir.

HANNELE

Meine Zähne schlagen vor Angst auf einander. Ich kann mich nicht halten. Mir graut vor ihm.

DIAKONISSIN

Aengste Dich nicht, er ist Dein Freund.

HANNELE

Wer ist es, Mutter?

DIAKONISSIN

Kennst Du ihn nicht?

HANNELE

Wer ist es?

DIAKONISSIN

Der Tod.

HANNELE

Der Tod. *Hannele sieht eine Weile den schwarzen Engel stumm und ehrfurchtsvoll an.* Muss es denn sein?

DIAKONISSIN

Es ist der Eingang, Hannele.

HANNELE

Muss jeder durch den Eingang?

DIAKONISSIN

Jeder.

HANNELE

Wirst Du mich hart anfassen, Tod? — Er schweigt. Auf alles, was ich sage, schweigt er, Mutter!

DIAKONISSIN

Die Worte Gottes sind in Deinem Herzen laut.

HANNELE

Ich habe Dich von Herzen oft ersehnt. Nun bangt mir immer.

DIAKONISSIN

Mache Dich bereit.

HANNELE

Zum Sterben?

DIAKONISSIN

Ja.

HANNELE
nach einer Pause schüchtern:

Soll ich zerrissen und zerlumpt im Sarge liegen?

DIAKONISSIN

Gott wird Dich kleiden. Sie zieht eine kleine, silberne Schelle hervor und läutet damit. Sogleich kommt, wie alle folgenden Gestalten, lautlos auftretend, ein kleiner, buckliger Dorfschneider herein, der Brautkleid, Schleier und Kranz über dem Arm trägt und in den Händen ein paar gläserne Pantoffeln. Er hat einen wippenden, komischen Gang, verneigt sich stumm vor dem Engel, vor der Diakonissin und zuletzt am tiefsten vor Hannele.

DORFSCHNEIDER
immer mit Verbeugungen:

Jungfrau Johanna Katharina Mattern. Er räuspert sich. *Der Herr Vater, seine Durchlaucht der Herr Graf haben geruht, bei mir Brautkleider zu bestellen.*

DIAKONISSIN
nimmt dem Schneider den Rock ab und bekleidet Hannele.

Komm', ich ziehe Dir's über, Hannele.

HANNELE
freudig erregt:

Ach, wie das knistert.

DIAKONISSIN

Weisse Seide, Hannele.

HANNELE
sieht entzückt an sich hinunter.

Die Leute werden staunen, wie ich schön geputzt im Sarge liege.

DORFSCHNEIDER

Jungfrau Johanna Katharina Mattern. Er räuspert sich. *Das ganze Dorf* ist voll davon. *Es räuspert sich.* Was Ihr im Tode für ein grosses **Glück** macht, Jungfer Hanna. *Er räuspert sich.* Euer Herr Vater. *Er räuspert sich.* Der durchlauchtige Herr Graf — *räuspern,* ist beim Herrn Ortsvorsteher gewesen...

DIAKONISSIN
setzt Hannele den Kranz auf:
Nun neige Deinen Kopf, Du Himmelsbraut!

HANNELE
vor kindlicher Freude bebend:

Weisst Du was, Schwester Martha, ich freu mich auf den Tod .. *Plötzlich an der Schwester zweifelnd:* Du bist es doch?

DIAKONISSIN

Ja.

HANNELE

Du bist doch Schwester Martha? Ach nein doch: meine Mutter bist Du doch?

DIAKONISSIN

Ja.

HANNELE

Bist Du Beides?

DIAKONISSIN

Die Kinder des Himmels sind Eins in Gott.

DORFSCHNEIDER

Wenn's nur erlaubt wäre, Prinzessin Hannele. *Mit den Pantoffeln vor ihr niederknieend:* Es sind die kleinsten Schühchen im Reich. Sie haben alle zu grosse Füsse: die Hedwig, die Agnes, die Liese, die Martha, die Minna, die Anna, die Kathe, die Grethe. *Er hat ihr die Pantoffeln angezogen.* Sie passen, sie passen! Die Braut ist gefunden. Jungfer Hannele hat die kleinsten Füsse. — Wenn Sie wieder was brauchen! Ihr Diener, Ihr Diener! *Komplimentirend ab.*

HANNELE

Ich kann es kaum erwarten, Mutterchen!

DIAKONISSIN

Nun brauchst Du keine Medizin mehr einzunehmen.

HANNELE

Nein.

DIAKONISSIN

Nun wirst Du bald gesünder sein, wie eine Bachforelle, Hannele!

HANNELE

Ja.

DIAKONISSIN

Nun komm und leg Dich auf Dein Sterbelager. *Sie fasst Hannele bei der Hand, führt sie sanft an das Bett und Hannele legt sich darauf nieder.*

HANNELE

Nun werd ich endlich doch erfahren, was das Sterben ist. — —

DIAKONISSIN

Das wirst Du, Hannele!

HANNELE
auf dem Rücken liegend, die Hände wie um ein Blümchen gefaltet:

Ich hab ein Pfand.

DIAKONISSIN

Das drücke fest an Deine Brust.

HANNELE
mit neubeginnender Angst, schüchtern nach dem Engel hinüber:

Muss es denn sein?

DIAKONISSIN

Es muss.

Aus weiter Ferne hört man die Töne eines Trauermarsches.

HANNELE
horchend:

Jetzt blasen sie zu Grabe. Meister Seyfried und die Musikanten. *Der Engel erhebt sich. Jetzt steht er auf. Der Sturm draussen hat zugenommen. Der Engel ist aufgestanden und schreitet ernst und langsam Hannele näher. Jetzt kommt er auf mich zu.* Ach Schwester, Mutter! Ich sehe Dich ja nicht mehr. Wo bist Du denn? *Zu dem Engel flehentlich:* Mach's kurz, Du schwarzer, stummer Geist! — *Wie unter einem Alp ächzend:* Es drückt mich, drückt mich — wie ein ... wie ein Stein — *Der Engel erhebt langsam sein breites Schwert.* Er will mich ... will mich — ganz vernichten. *In höchster Angst:* Hilf mir, Schwester!

DIAKONISSIN

tritt zwischen den Engel und Hannele mit Hoheit und legt ihre beiden Hände schützend auf Hanneles Herz. Mit Grösse, Kraft und Weihe spricht sie:

Er darf es nicht. — Ich lege meine beiden, geweihten Hände Dir auf's Herz. *Der schwarze Engel verschwindet.* Stille. *Die Diakonissin faltet die Hände und blickt milde lächelnd auf Hannele herunter, dann versinkt sie in sich und bewegt die Lippen, lautlos betend. Die Klänge des Trauermarsches haben inzwischen nicht ausgesetzt. Ein Geräusch von vielen vorsichtig trappelnden Füssen wird vernehmlich. Gleich darauf erscheint die Gestalt des Lehrers Gottwald in der Mittelthür. Der Trauermarsch verstummt. Gottwald ist schwarz wie zu einem Begräbniss gekleidet und trägt einen Strauss schöner Glockenblumen in der Hand. Ehrfürchtig hat er den Cylinder abgenommen und wendet sich, kaum eingetreten, mit einer ruheheischenden Geberde nach rückwärts. Man gewahrt hinter ihm seine Schulkinder: Knaben und Mädchen in ihren besten Kleidern. Auf die Geberde des Lehrers hin, unterbrechen sie ihr Geflüster und verhalten sich ganz still. Sie wagen sich auch nicht über die Thürschwelle. Gottwald nähert sich jetzt mit feierlicher Miene der noch immer betenden Diakonissin.*

GOTTWALD
mit leiser Stimme:

Guten Tag, Schwester Martha!

DIAKONISSIN

Herr Gottwald! Gott grüsse Sie!

GOTTWALD
schüttelt, auf Hannele blickend, in schmerzlichem Bedauern den Kopf.

Armes Dingelchen.

DIAKONISSIN

Warum sind Sie denn so traurig, Herr Gottwald?

GOTTWALD

Weil sie nun doch gestorben ist.

DIAKONISSIN

Darüber wollen wir nicht traurig sein; sie hat den Frieden und den Frieden gönn ich ihr.

GOTTWALD
seufzend:

Ja, ihr ist wohl. Von Trübsal und von Kummer ist sie nun befreit.

DIAKONISSIN
in den Anblick versunken:

Schön liegt sie da.

GOTTWALD

Ja, schön — jetzt, nun Du todt bist, blühst Du erst so lieblich auf.

DIAKONISSIN

Weil sie so fromm war, hat sie Gott so schön gemacht.

GOTTWALD

Ja, sie war fromm und gut. *Seufzt schwer, klappt sein Gesangbuch auf und blickt trüb hinein.*

DIAKONISSIN
blickt mit in das Gesangbuch.

Man soll nicht klagen. Still geduldig muss man sein.

GOTTWALD

Ach, mir ist schwer.

DIAKONISSIN

Weil sie erlöst ist?

GOTTWALD

Weil mir zwei Blumen verwelkt sind.

DIAKONISSIN

Wo?

GOTTWALD

Zwei Veilchen, die ich hier im Buche habe. Das sind die todten Augen meines lieben Hannele.

DIAKONISSIN

In Gottes Himmel werden sie viel schöner auferblühn.

GOTTWALD

Ach Gott, wie lange werden wir noch weiter pilgern müssen durch das finstere Erdenjammerthal. Plötzlich verändert, geschäftig und geschäftlich, Noten hervorziehend: *Was meinen Sie? ich habe mir gedacht: wir singen hier im Hause erst den Choral: Jesus meine Zuversicht!*

DIAKONISSIN

Ja, das ist ein schöner Choral und Hannele Mattern war ein glaubiges Kind.

GOTTWALD

Und draussen auf dem Kirchhofe singen wir dann: „Lasst mich gehen." Er wendet sich, geht auf die Schulkinder zu und spricht. *Nummer 62: „Lasst mich gehen."* Er intoniert leise, dazu taktierend: *Lasst mich ge—hen, lasst mich ge—hen, Dass ich Je—sum möge se—hen.* Die Kinder haben leise mitgesungen. *Kinderchen, seid Ihr auch Alle warm angezogen? Draussen auf dem Kirchhof wird es sehr kalt sein. Kommt mal rein. Seht Euch das arme Hannele noch einmal an.* Die Schulkinder strömen herein und stellen sich feierlich um das Bett. *Seht mal, wie der Tod das liebe, kleine Mädchen schön gemacht hat. Mit Lumpen war sie behangen — jetzt hat sie seidne Kleider an. Barfuss ist sie herumgelaufen, jetzt hat sie Schuhe von Glas an den Füssen. Die wird jetzt bald in einem goldnen Schlosse wohnen und alle Tage gebratenes Fleisch essen. — Hier hat sie von kalten Kartoffeln gelebt — und wenn sie nur immer satt davon gehabt hätte. Hier habt Ihr sie immer die Lumpenprinzessin geheissen, jetzt wird sie bald eine richtige Prinzessin sein. Also wer ihr etwas abzubitten hat, der thue es jetzt, sonst sagt sie alles dem lieben Gott wieder und dann geht es Euch schlecht.*

EIN KLEINER JUNGE
tritt ein wenig vor.

Liebes Prinzesschen Hannele, nimm mir's nicht übel und sag's nicht dem lieben Gott, dass ich Dich immer Lumpenprinzessin geheissen habe.

ALLE KINDER DURCHEINANDER
Es thut uns allen herzlich leid.

GOTTWALD
So, nun wird das arme Hannele Euch schon vergeben. Geht nur jetzt in's Haus und wartet draussen auf mich.

DIAKONISSIN
Kommt, ich werde Euch in das Hinterstübchen führen. Dort will ich Euch sagen, was ihr thun müsst, wenn Ihr auch solche schöne Engel werden wollt, wie das Hannele bald eins sein wird. <small>Sie geht voraus, die Kinder folgen ihr; die Thür wird angelegt.</small>

GOTTWALD
<small>nun alleine bei Hannele. Er legt ihr gerührt die Blumen zu Füssen.</small>

Mein liebes Hannele, hier habe ich Dir noch einen Strauss schöner Glockenblumen mitgebracht. <small>An ihrem Bett knieend, mit zitternder Stimme:</small> Vergiss

mich nicht ganz und gar in Deiner Herrlichkeit. <small>Er schluchzt, die Stirn in die Falten ihres Kleides gedrückt:</small> *Das Herz will mir zerbrechen, weil ich von Dir scheiden muss.*

<small>Man hört sprechen; Gottwald erhebt sich, deckt ein Tuch über Hannele. Zwei ältere Frauen, wie zu einem Begräbniss gekleidet, Taschentuch und Gesangbuch mit gelbem Schnitt in der Hand, huschen herein.</small>

ERSTE FRAU
<small>sich umsehend:</small>
Mir sein woll die Erschten?

ZWEITE FRAU

Nee, der Herr Lehrer is ja schonn da. Gutentag, Herr Lehrer!

GOTTWALD

Gutentag.

ERSTE FRAU

Es geht ihn woll nahe, Herr Lehrer! Das war ihn auch wirklich ein zu gutes Kind. Immer fleissig, immer fleissig.

ZWEITE FRAU

Is's denn wahr, die Leute sprechen ... 's is woll nicht wahr? Se hätte sich selber's Leben genommen?

DRITTE GESTALT
ist dazu gekommen.

Das wär eine Sinde wider a Geist.

ZWEITE FRAU

Eine Sinde wider den heiligen Geist.

DRITTE FRAU

Eine solche Sinde, sagt der Herr Paster, wird nie nich vergeben.

GOTTWALD

Wisst Ihr denn nicht, was der Heiland gesagt hat? Lasset die Kindlein zu mir kommen.

VIERTE FRAU
ist gekommen.

Ihr Leute, ihr Leute, is das a Wetter. Da wird man sich woll die Fisse erfrieren. Wenn ock der Pfarr und macht's nich zu lang. Der Schnee liegt an Meter hoch uff'n Kirchhowe.

FUENFTE FRAU
kommt.

Ihr Leute, der Pfarr will se nich einsegnen. A will er de geweihte Erde verweigern.

PLESCHKE

Habt Ihr gehert ... habt Ihrsch gehert — a scheener Herr is beim Pfarr gewesen ... a scheener Herr is beim Pfarr gewesen — und hat gesagt: ja ... das Mattern Hannla is eine Hei—li—ge.

HANKE
eilig herein.

Se bringen an gläsernen Sarg getragen.

VERSCHIEDENE STIMMEN

An gläsernen Sarg! An gläsernen Sarg!

HANKE

O Jes's! der mag a paar Thalerle kosten.

VERSCHIEDENE STIMMEN

An gläsernen Sarg! An gläsernen Sarg!

SEIDEL

Hier wern wir noch scheene Dinge erleben. A Engel is mitten durch's Dorf gegangen. A so gross wie a Pappelbaum kennt er glooben. Am Schmiedeteiche sitzen ooch zwee. Die sein aber kleen wie kleene Kinder. Das Madel is mehr wie a Bettelmadel.

VERSCHIEDENE STIMMEN

„Das Mädel is mehr wie a Bettelmadel." „Se bringen an gläsernen Sarg getragen." „A Engel is mitten durch's Dorf gegangen."

Vier weiss gekleidete Jünglinge bringen einen gläsernen Sarg hereingetragen, den sie unweit von Hanneles Bett niedersetzen. Die Leidtragenden flüstern erstaunt und neugierig.

GOTTWALD
nimmt das Tuch ein wenig auf, das Hannele bedeckt.

Da seht Euch doch auch die Todte mal an.

ERSTE FRAU
neugierig darunter schielend.

Die hat ja Haare, die sind ja von Golde.

GOTTWALD

das Tuch ganz von dem, von blassem Licht überhauchten Hannele hinwegziehend:

Und seidne Kleider und gläserne Schuhe.

ALLE

weichen mit Aufrufen äussersten Erstaunens wie geblendet zurück.

VERSCHIEDENE STIMMEN

„Ach, is die scheen!" „Wer is'n das?" „Wer is'n das?" „Das Mattern Hannla." „Das Mattern Hannla?" „Das gloob ich nich."

PLESCHKE

Das Mädel . . . das Mädel — ist eine — Heilige.

Die vier Jünglinge legen Hannele mit sanfter Vorsicht in den gläsernen Sarg.

HANKE

S heesst ja, se wird iberhaupt nich begraben.

ERSTE FRAU

Se wird in der Kirche uffgestellt.

ZWEITE FRAU

Ich gloobe das Mädel is gar nich todt. Die sieht ja wie's liebe Leben aus.

PLESCHKE

Gebt amal . . . gebt amal — ane Flaumfeder her — mer wern er . . . mer wern er — ane Flaumfeder vor a Mund halten. Ja. Und schu, ja — ob se noch — Odem hat, ja. *Man giebt ihm eine Flaumfeder und er hält sie prüfend vor Hanneles Mund. Se bewegt sich nicht.* Das Mädel is todt. Die hat och nich mehr a so viel Leben.

DRITTE FRAU

Ich geb er mein Sträussel Rosmarin. *Sie legt ein Sträusschen in den Sarg.*

VIERTE FRAU

Mei Richel Lavendel kann se ooch mitnehmen.

FUENFTE FRAU

Wo is denn Mattern?

ERSTE FRAU

Wo is denn Mattern?

ZWEITE FRAU

Ach der, der sitzt im Gasthause driben.

ERSTE FRAU

Der weess well noch garnich was passirt is.

ZWEITE FRAU

Wenn der ock seinen Schnaps hat. Der weess von nischt.

PLESCHKE

Habt Ihrsch'n ... habt Ihrsch'n ja, denn nich ... nich gesagt — das a eine ... eine Leiche — im Hause hat.

DRITTE FRAU

Das sollte der woll von selber wissen.

VIERTE FRAU

Ich will nischt gesagt habn, nee, nee, beileibe! Aber wer das Madel hat um's Leben gebracht, das weess man woll etwan.

SEIDEL

Das will ich meenen. Das weess, mecht man sprechen's ganze Dorf. Die hat eine Beule wie meine Faust.

FUENFTE FRAU

Wo der Kerl hintritt da wächst kee Gras.

SEIDEL

Mer habn se doch umgezogen mitsammen. Da hab ich's doch ganz genau geschn. Die hat eine Beule wie meine Faust. Und da dran is se zugrunde gegangen.

ERSTE FRAU

Die hat kein Anirer auf dem Gewissen
wie Mattern.

ALLE

mit Heft zeit a er im Kü treten die kommt r gehen.

Kee andrer Mensch.

ZWEITE FRAU

Ein M rder is de .

ALLE

voll Wuth oder schwerm t ill:

A Mörder, a Mörder! Man h st d e Stu n au verzei en
Maurer Matterns.

STIMME MATTERNS

Ein ruhi—ges Ge—wissen — ist ein sanf—tes Ruh—e—
kiss—en. Er erscheint in der Thüre und schreit: Ma'tel! Ma'tel! Balg
Wo steckst Du? Er brummt sich am Topen n toren. I is jetze zal
ich . . a so lange . . . wart ich. Lan ger noch eins — zwei —
drei und eens macht . . . Medel! mach mich nich wilde, sig
ich Dir Klos. Wenn
ich Dich suche und
find Dich Kornallie
ich thu Dich zer-
mantsche'n. Stürzt ge
rackst die Anwesenden
welche sich totenstill ver
halten. Was wol't
Ihr daher? — Kee
Antwort. Wie komm.
Ihr hierher? — Euch
schickt woll der Tei-
fel, ha? — Macht
dass der rauskommt.
— Na, wird's na
bald werden? Er

lacht in sich hinein. Da wart mer a bissel. Die Fahrten kenn ich doch. Das is weiter nischt. Ich hab halt a bissel viel im Koppe. Da macht's een was vor — — *Er singt:* Ein ruh—iges Ge—wissen — ist ein sanf—tes Ruh—e— kiss—en. *Erschrickt.* Seid ihr immer noch da? *Plötzlich in jähzorniger Wuth nach etwas zum Dreinschlagen suchend:* Ich nehm was ich finde ...

Ein Mann in einem braunen, abgetragenen Havelock ist eingetreten. Er ist circa dreissig Jahr alt, hat langes, schwarzes Haar und ein blasses Gesicht mit den Zügen des Lehrer Gottwald. Er hat einen Schlapphut in der linken Hand und Sandalen an den Füssen. Er erscheint wegmüde und staubig. Die Worte des Maurers unterbrechend, hat er ihm mit der Hand sanft den Arm berührt. Mattern fährt jäh herum. Der Fremde sieht ihm ernst und voller Ruhe in's Gesicht und sagt:

DER FREMDE
demütig:

Mattern, Maurer — Gott grüsse Dich!

MATTERN

Wie kommst Du hierher? Was willst Du hier?

DER FREMDE
demütig bittend:

Ich hab mir die Füsse blutig gelaufen; Gieb mir Wasser sie zu waschen. Die heisse Sonne hat mich ausgedörrt; Gieb mir Wein zu trinken, dass ich mich erfrische. Ich habe kein Brod gegessen, seit ich auszog am Morgen. Mich hungert.

MATTERN

Was geht mich das an. Wer heesst Dich rumlungern uff der Landstrasse. Da arbeite Du. Ich muss ooch arbeiten.

DER FREMDE

Ich bin ein Arbeiter.

MATTERN

A Landstreicher bist Du. Wer arbeitet der braucht nich betteln zu gehn.

DER FREMDE

Ich bin ein Arbeiter ohne Lohn.

MATTERN

A Landstreicher bist Du.

DER FREMDE
zaghaft, unterwürfig, dabei aber eindringlich:

Ich bin ein Arzt, Du kannst mich vielleicht brauchen.

MATTERN

Ich bin nich krank, ich brauche keenen Dokter.

DER FREMDE
mit vor innerer Bewegung zitternder Stimme:

Mattern-Maurer, besinne Dich! — Du brauchst mir kein Wasser zu reichen und ich will Dich doch heilen. Du brauchst mir kein Brod zu essen zu geben und ich will Dich dennoch gesund machen, so wahr mir Gott helfe.

MATTERN

Mach, dass Du fortkommst. Geh Deiner Wege. Ich habe gesunde Knochen im Leibe. Ich brauche keenen Dokter Haste verstanden?

DER FREMDE

Maurer Mattern, besinne Dich! — Ich will Dir die Füsse waschen. Ich will Dir Wein zu trinken geben. Du sollst süsses Brot essen. Setze Deinen Fuss auf meinen Scheitel und ich will Dich dennoch heil und gesund machen, so wahr mir Gott helfe.

MATTERN

Nu will ich bloss sehn, ob Du woll gehn wirscht. Und wenn de nich naus findst, da sag ich a so viel . . .

DER FREMDE
ernst ermahnend:

Mattern-Maurer, weisst Du, was Du im Hause hast?

MATTERN

Alles, was rein gehert. Alles, was rein gehert. Du geherscht nich rein. Sieh, dass Du weiter kommst.

DER FREMDE
einfach:

Deine Tochter ist krank.

MATTERN

Zu der ihrer Krankheet braucht's keenen Dokter. Der ihre Krankheet is nischt wie Faulheet. Die wer ich ihr schonn alleene austreiben.

DER FREMDE
feierlich:

Mattern-Maurer, ich komme zu Dir als Bote.

MATTERN

Von wem werscht Du ock als Bote kommen?

DER FREMDE

Ich komme vom Vater — Und ich gehe zum Vater. Wo hast Du sein Kind?

MATTERN

Was wer ich wissen, wo die sich rumtreibt. Was gehn mich dem seine Kinder an. A hat sich ja sonst nich drumm bekümmert.

DER FREMDE
fest:

Du hast eine Leiche in Deinem Hause.

MATTERN
gewahrt das daliegende Hannele, tritt steif und stumm an den Sarg und blickt hinein, dabei murmelnd:

Wo hast Du die scheenen Kleider her? Wer hat Dir den gläsernen Sarg gekooft?

Die Leidtragenden flüstern heftig und geheimnisvoll. Man hört mehrmals, voller Erbitterung ausgesprochen, das Wort: „Mörder".

MATTERN
leise, bebend:

Ich hab Dich doch nie nich schlecht behandelt. Ich hab Dich gekleidet. Ich hab Dich genährt. *Frech zu dem Fremden hinüber.* Was willst Du von mir? Was geht mich das an?

DER FREMDE

Mattern-Maurer, hast Du mir etwas zu sagen?

Unter den Leidtragenden wird das Geflüster heftiger, immer wüthender und öfter schallt es: „Mörder!"
„Mörder!"

DER FREMDE

Hast Du Dir garnichts vorzuwerfen? Hast Du sie niemals Nachts aus dem Schlafe gerissen? Ist sie niemals unter Deinen Fäusten wie todt zusammengesunken? —

MATTERN
entsetzt, ausser sich:

Da schlag mich todt. Hier, gleich uff der Stelle! — Mich soll gleich a Blitz vom Himmel treffen, wenn ich dadran schuld bin.

Schwacher, bläulicher Blitz und fernes Donnerrollen.

ALLE
durcheinander:

„'S kommt a Gewitter." „Jetzt mitten im Winter?!" „A hat sich verschworen!" „Der Kindesmörder hat sich verschworen!"

DER FREMDE
eindringlich, gütig:

Hast Du mir noch nichts zu sagen, Mattern?

MATTERN
in erbärmlicher Angst:

Wer sein Kind lieb hat, züchtigt es. Dem Mädel hier hab ich nur Gutes gethan. Ich hab se gehalten wie mei Kind. Ich kann se bestrafen wenn se nich gutt thut.

DIE FRAUEN
fahren auf ihn ein.

Mörder! Mörder! Mörder! Mörder!

MATTERN

Die hat mich belogen und betrogen. Die hat mich bestohlen Tag für Tag.

DER FREMDE

Sprichst Du die Wahrheit?

MATTERN

Gott soll mich strafen ... In diesem Augenblick zeigt sich in Hanneles gefalteten Händen eine Himmelsschlüsselblume, welche eine gelblich-grüne Gluth ausstrahlt. Der Maurer Mattern starrt wie von Sinnen, am ganzen Leibe zitternd, auf die Erscheinung.

DER FREMDE

Mattern Maurer, Du lügst.

ALLE

in höchster Aufregung durcheinander redend:

„Ein Wunder!" — „Ein Wunder!"

PLESCHKE

Das Madel ... das Madel — is eine Heilge, A hat sich um Leib und Seele ... Seele geschworen.

MATTERN
brüllt:

Ich häng mich u—uf. *Hält sich mit beiden Händen die Schläfen. Ab.*

DER FREMDE
schreitet bis an Hanneles Sarg vor und spricht zu den Anwesenden gewendet. Vor der nun mit aller Hoheit dastehenden und sprechenden Gestalt weichen sie alle ehrfürchtig zurück.

Fürchtet Euch nicht. — *Er beugt sich und erfasst wie prüfend Hanneles Hand. Voll Sanftmut spricht er:* Das Mägdlein ist nicht gestorben. — Es schläft. — *Mit tiefster Innerlichkeit und überzeugter Kraft:* Johanna Mattern stehe auf!! *Ein helles Goldgrün erfüllt den Raum. Hannele öffnet die Augen, richtet sich auf an der Hand des Fremden, ohne aber zu wagen ihm in's Gesicht zu sehen. Sie steigt aus dem Sarge und sinkt sogleich vor dem Erwecker auf die Knice. Alle Anwesenden packt ein Grauen. Sie fliehen. Der Fremde und Hannele bleiben allein. Der graue Mantel ist von seiner Schulter geglitten und er steht da in einem weissgoldnen Gewande.*

DER FREMDE
weich, innig:

Hannele!

HANNELE
entzückt in sich, den Kopf so tief beugend als nur immer möglich:

Da ist er.

DER FREMDE

Wer bin ich?

HANNELE

Du.

DER FREMDE

Nenn meinen Namen.

HANNELE
haucht ehrfurchtzitternd:

Heilig, heilig!

DER FREMDE
Ich weiss alle Deine Leiden und Schmerzen.

HANNELE
Du lieber lieber ...

DER FREMDE
Erhebe Dich.

HANNELE
Dein Kleid ist makellos. Ich bin voll Schmach.

DER FREMDE
legt seine Rechte auf Hanneles Scheitel:

So nehm' ich alle Niedrigkeit von Dir. *Er berührt ihre Augen, nachdem er mit sanfter Gewalt ihr Gesicht heraufgebogen.* So beschenke ich deine Augen mit ewigem Licht. Fasset in Euch Sonnen und wieder Sonnen. Fasset in Euch den ewigen Tag vom Morgenroth bis zum Abendroth, vom Abendroth bis zum Morgenroth. Fasset in Euch, was da leuchtet: Blaues Meer, blauen Himmel und grüne Fluren in Ewigkeit. *Er berührt ihr Ohr.* So beschenk' ich dein Ohr, zu hören allen Jubel aller Millionen Engel in den Millionen Himmeln Gottes. *Er berührt ihren Mund.* So löse ich Deine stammelnde Zunge und lege Deine Seele darauf und meine Seele und die Seele Gottes des Allerhöchsten.

HANNELE
am ganzen Körper bebend, versucht sich aufzurichten. Wie unter einer ungeheuren Wonnelast vermag sie es nicht. Von tiefem Schluchzen und Weinen erschüttert, birgt sie den Kopf an des Fremden Brust.

DER FREMDE
Mit diesen Thränen wasche ich Deine Seele von Staub und Qual der Welt. Ich will Deinen Fuss über die Sterne Gottes erhöhen.

Zu sanfter Musik, mit der Hand über Hanneles Scheitel streichend, spricht nun der Fremde das Folgende. Indem er spricht, tauchen Engelsgestalten in der Thür auf, grosse, kleine, Knaben, Mädchen, stehen schüchtern, wagen sich herein, schwingen Weihrauchfässer und schmücken das Gemach mit Teppichen und Blumen.

DER FREMDE
Die Seligkeit ist eine wunderschöne Stadt,
Wo Friede und Freude kein Ende mehr hat.
Harfen, erst leise, zuletzt laut und voll.

Ihre Häuser sind Marmel, ihre Dächer sind Gold,
Rother Wein in den silbernen Brünnlein rollt,
Auf den weissen, weissen Strassen sind Blumen gestreut,
Von den Thürmen klingt ewiges Hochzeitsgeläut.
Maigrün sind die Zinnen, vom Frühlicht beglänzt,
Von Faltern umtaumelt, mit Rosen bekränzt.
Zwölf milchweisse Schwäne umkreisen sie weit
Und bauschen ihr klingendes Federkleid;
Kühn fahren sie hoch durch die blühende Luft
Durch erzklangdurchzitterten Himmelsduft.
Sie kreisen in feierlich ewigem Zug,
Ihre Schwingen ertönen gleich Harfen im Flug.
Sie blicken auf Zion, auf Gärten und Meer,
Grüne Flore ziehen sie hinter sich her.
Dort unten wandeln sie Hand in Hand:
Die festlichen Menschen durch's himmlische Land.
Das weite, weite Meer, füllt roth rother Wein,
Sie tauchen mit strahlenden Leibern hinein.
Sie tauchen hinein, in den Schaum und den Glanz,
Der klare Purpur verschüttet sie ganz,
Und steigen sie jauchzend hervor aus der Fluth,
So sind sie gewaschen durch Jesu Blut.

<small>Der Fremde wendet sich nun an die Engel, welche ihre Arbeit vollendet haben. Mit scheuer Freude und Glückseligkeit treten sie herzu und bilden um Hannele und den Fremden einen Halbkreis.</small>

DER FREMDE

Mit feinen Linnen kommt, Ihr Himmelskinder!
Lieblinge, Turteltauben kommt herzu,
Hüllt ein den schwachen, ausgezehrten Leib,
Den Frost geschüttelt, Fieberglut gedörrt,
Sanft, dass sein krankes Fleisch der Druck nicht schmerze;
Und weich hinschwebend, ohne Flügelschlag,
Tragt sie, der Wiesen saft'ge Halme streifend,
Durch linden Mondenschimmer liebreich hin ...
Durch Duft und Blumendampf des Paradieses
Bis Tempelkühle wonnig sie umschliesst. —
<small>Kleine Pause.</small>

Dort mischt, indess sie ruht auf seid'nem Bette,
Im weissen Marmorbade Bergbachs Wasser

Und Purpurwein und Milch der Antilope
In reiner Fluth ihr Siechthum abzuspülen.
Brecht aus den Büschen volle Blüthenzweige:
Jasmin und Flieder, schwer vom Thau der Nacht,
Und ihrer klaren Tropfen feuchte Bürde
Lasst frisch und duftig auf sie niederregnen.
Nehmt weiche Seide d'rauf, um Glied für Glied,
Wie Lilienblätter, schonend abzutrocknen.
Labt sie mit Wein, kredenzt in goldener Schale
In den ihr reifer Früchte Fleisch gepresst.
Erdbeeren, die noch warm vom Sonnenfeuer,
Himbeeren, voll von süssem Blut gesogen,
Die sammtne Pfirsich, goldene Ananas,
Orangen, gelb und blank, bringt ihr getragen
Auf weiten Schüsseln spiegelnden Metalls.
Ihr Gaumen schwelge und ihr Herz umfange
Des neuen Morgens Pracht und Ueberfülle.
Ihr Aug' entzücke sich am Stolz der Hallen.
Lasst feuerfarb'ne Falter über ihr
Am malachitnen Grün des Estrichs schaukeln.
Auf ausgespanntem Atlas schreite sie
Durch Hyacinthen, Tulpen ... ihr zur Seite
Lasst grüner Palmen breite Fächer zittern
Und alles spiegeln sich im Glanz der Wände.
Auf Felder rothen Mohns führt ihren armen Blick,
Wo Himmelskinder gold'ne Bälle werfen
Im frühen Strahl des neugebornen Lichts,
Und liebliche Musik schlingt ihr um's Herz.

DIE ENGEL
singen im Chor:

Wir tragen Dich hin, verschwiegen und weich,
Eia popeia in's himmlische Reich.
Eia popeia in's himmlische Reich.

Ueber dem Engelsgesang verdunkelt sich die Scene. Aus dem Dunkel heraus hört man schwächer und schwächer, ferner und ferner singen. Es wird nun wieder licht und man hat den Blick in das Armenhauszimmer, wo alles so ist, wie es war, ehe die erste Erscheinung auftauchte. HANNELE liegt wieder im Bett, ein armes, krankes Kind. DOKTOR WACHLER hat sich mit dem Stethoskop über sie gebeugt; die DIAKONISSIN, welche ihm das Licht hält, beobachtet ihn ängstlich. Nun erst schweigt der Gesang gänzlich. DOKTOR WACHLER, sich aufrichtend, sagt: „Sie haben recht." SCHWESTER MARTHA fragt: „Todt?" der DOKTOR nicht trübe: „Todt" —

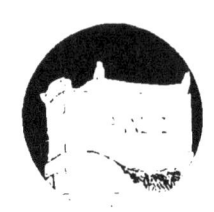